U0117083

此书记录着上海这座时尚城市的时尚生活

图书在版编目（CIP）数据

上海派对：上海时尚摄影师作品集／吕建明编．－上
海：文汇出版社，2005.5
ISBN 7－80676－831－9

I.上… II.吕… III.摄影集－上海市－现代
IV.J421.51

中国版本图书馆CIP数据核字（2005）第036558号

上海派对——上海时尚摄影师作品集

主　　编／吕建明
责任编辑／朱耀华　张予佳
组　　稿／赵丹虹
装　　帧／朱立飞

出版发行／ **文匯**出版社
　　　　　上海市威海路755号
　　　　　（邮政编码：200041）
经　　销／全国新华书店
印刷装订／凯基印刷（上海）有限公司
版　　次／2005年5月第1版
印　　次／2005年5月第1次印刷
开　　本／787×1092　1/32
印　　张／13
印　　数／1－3000

ISBN 7－80676－831－9/J·023
定　　价／68.00元

上海派对 上海时尚摄影师作品集

文匯出版社

陈航峰
1974年出生于上海，1997年毕业于上海大学美术学院，曾梦想成为画家，
但自从踏入了媒体这个"火坑"后就一直不能自拔……

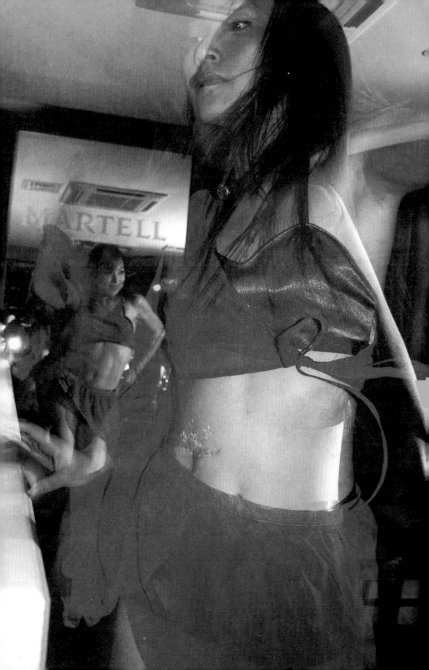

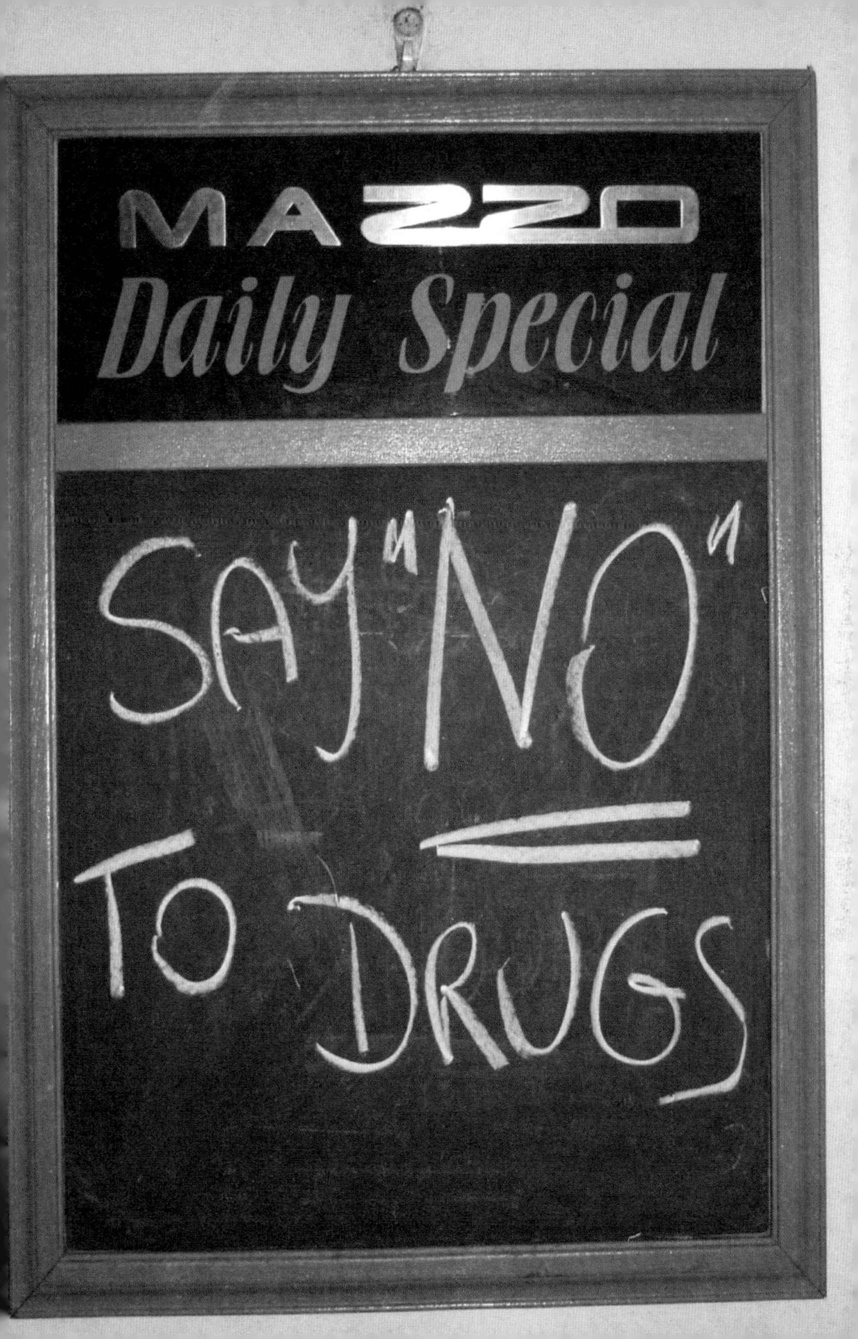
MAZZO
Daily Special
SAY "NO"
TO DRUGS

戴建勇
1976出生于江西婺源，1999年毕业于上海大学美术学院，现居上海。

戴牟雨
1975年生于广东，1999年毕业于广州美院装饰艺术系，现居上海。

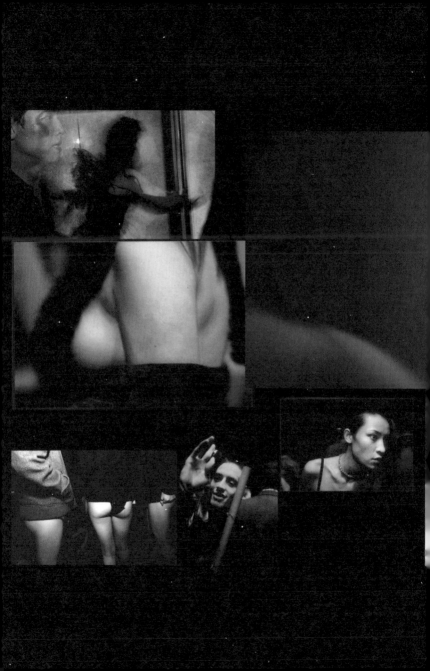

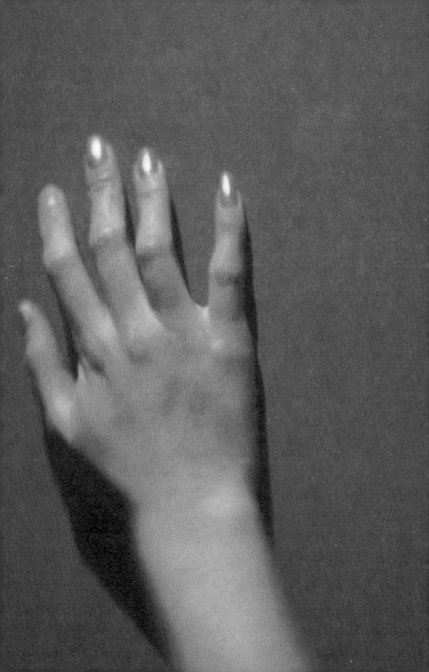

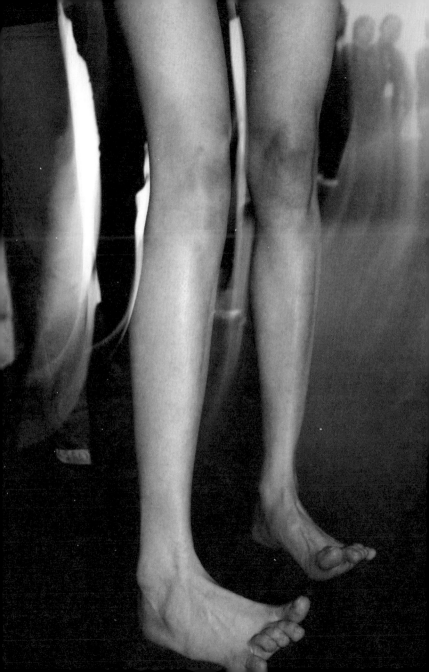

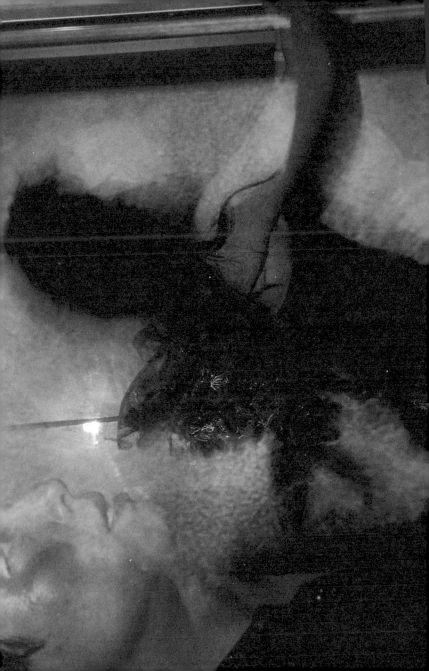

丁晓文　　1968年出生于上海，毕业于北京广播学院

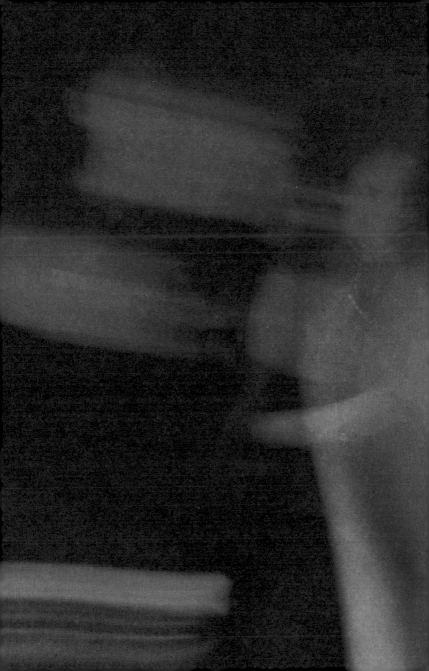

董鸿景(冬丛夏草) 1974年生于上海

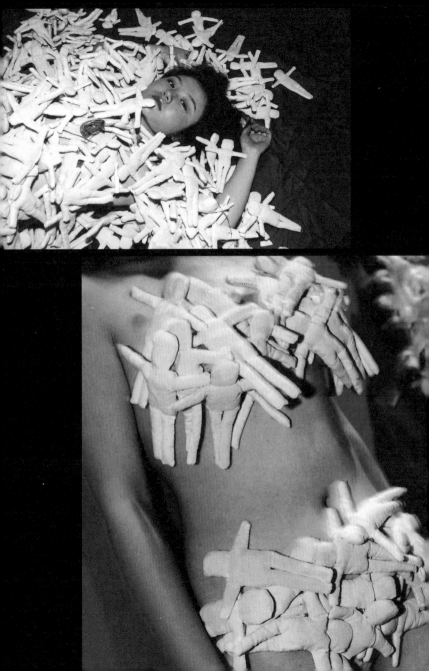

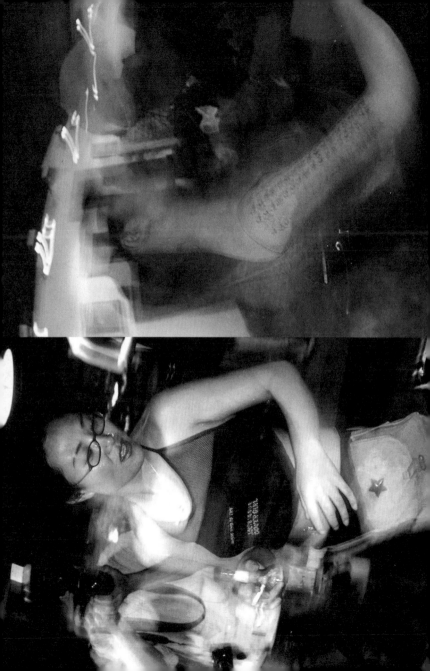

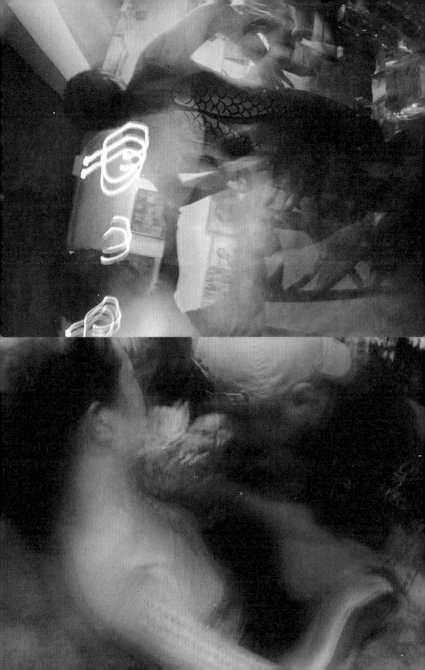

董莺

1976年出生于上海，2001年毕业于上海"东华大学—拉萨尔国际设计学院"平面设计系。

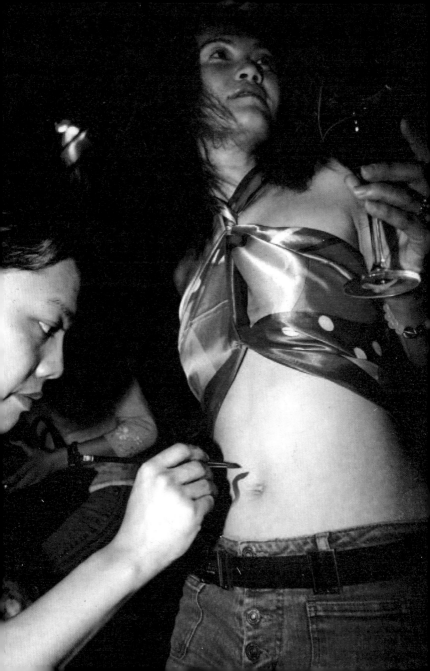

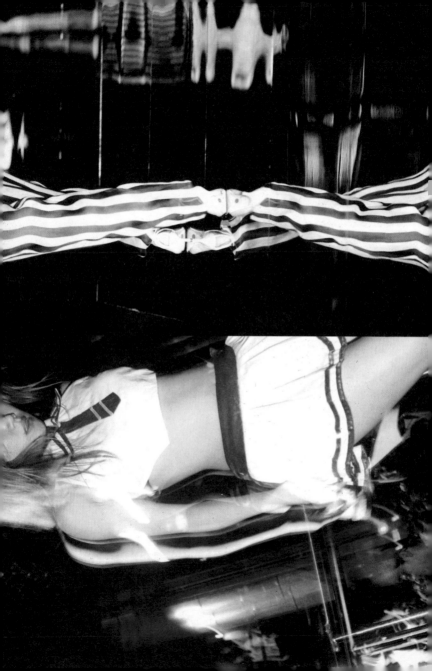

高尔强　1972年出生于上海

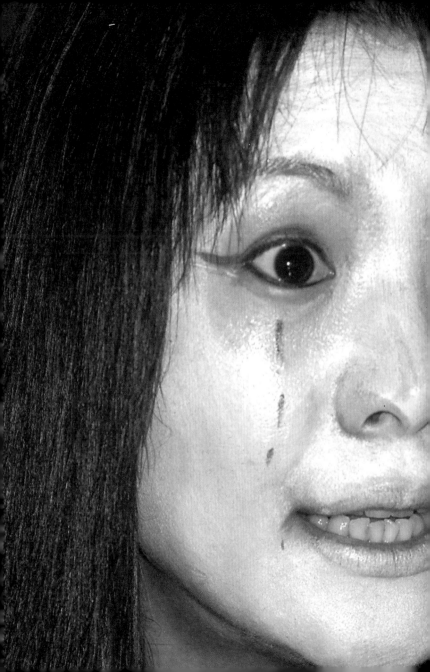

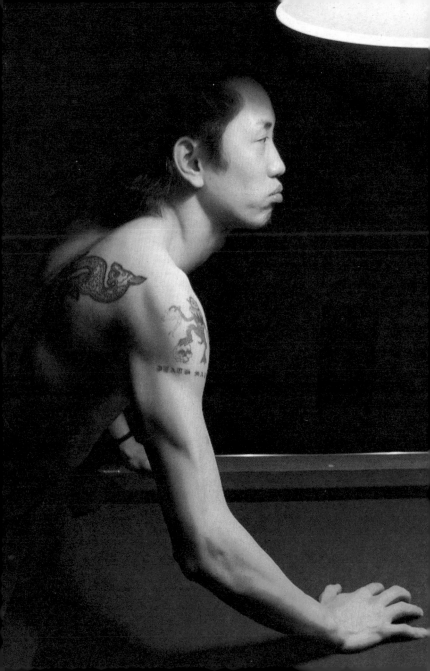

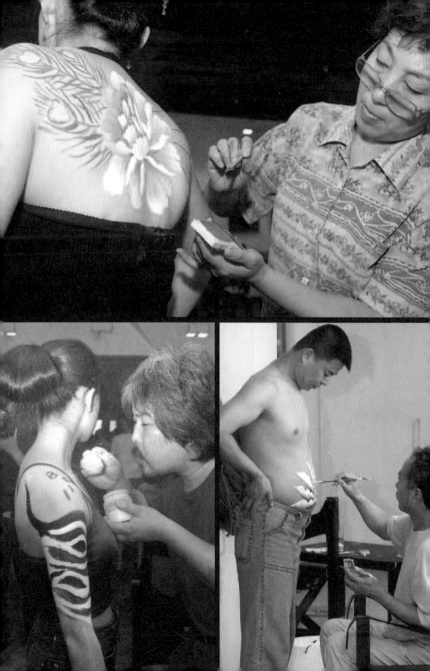

胡承伟

1981年生于重庆，毕业于上海海运学院通信工程系，现居上海。

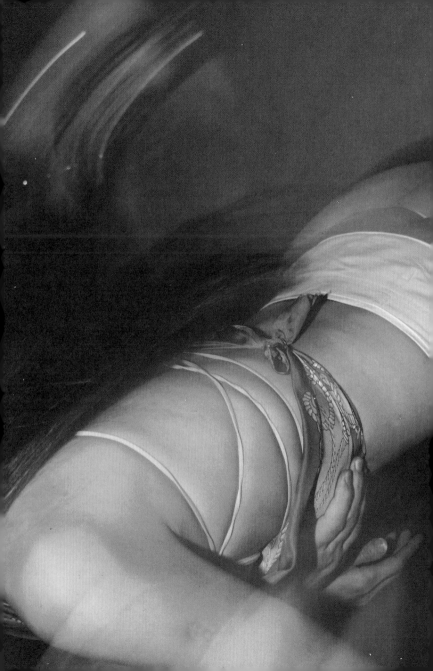

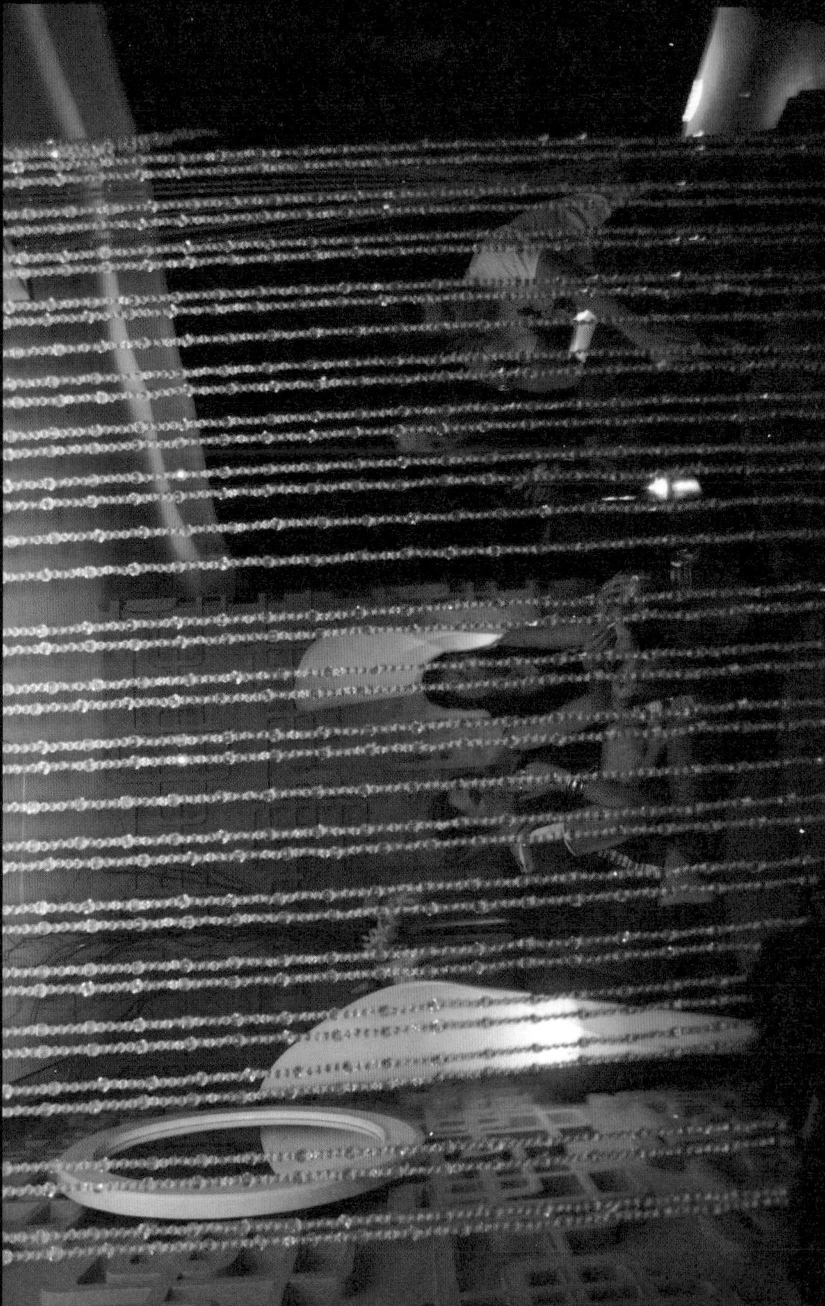

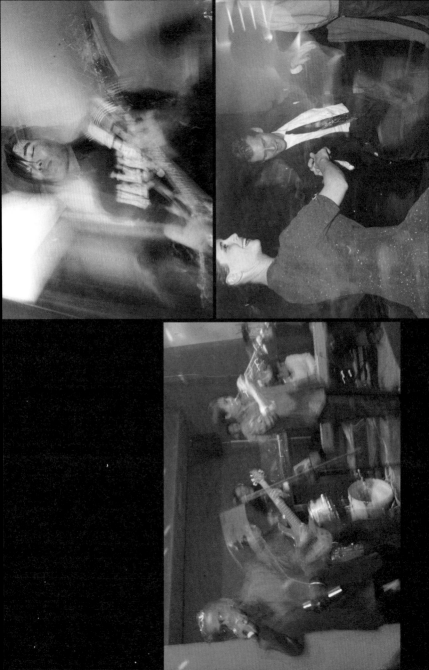

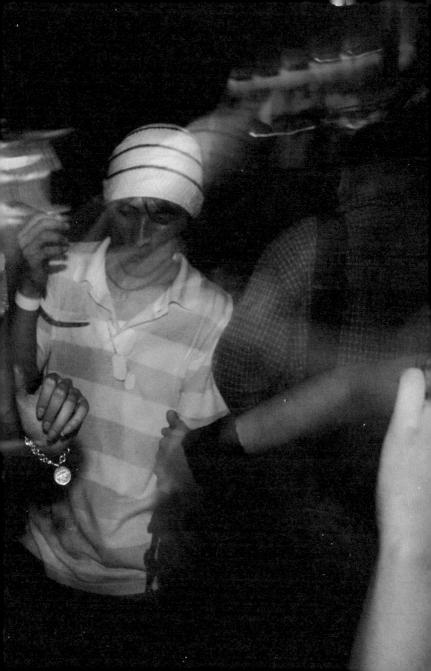

蒋振雄　1953年生于上海

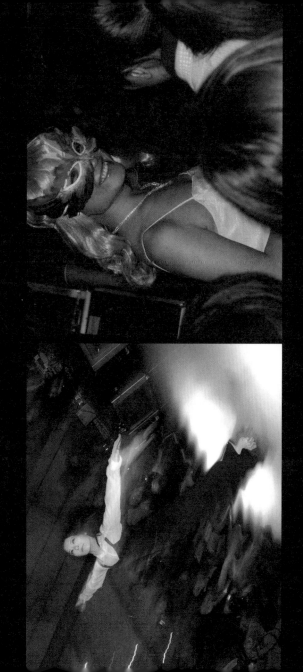

林穗文
朋友们都习惯叫我小木，生于70年代，毕业于广州美术学院，现居上海。

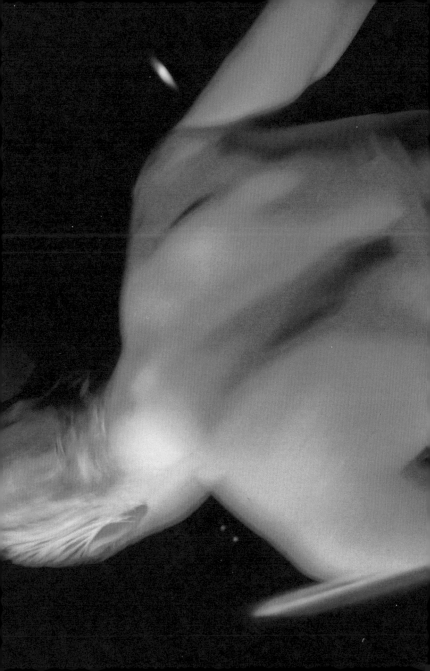

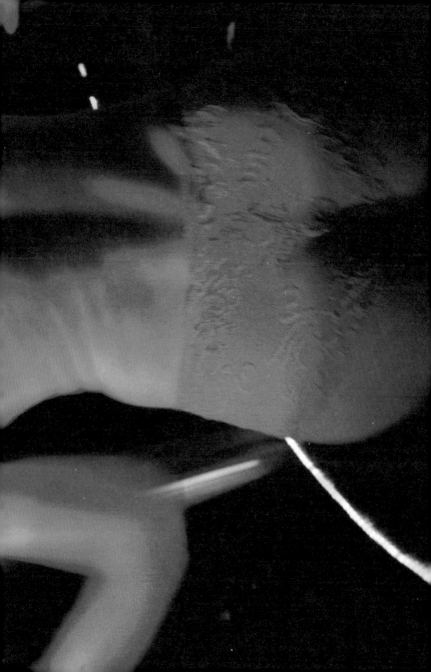

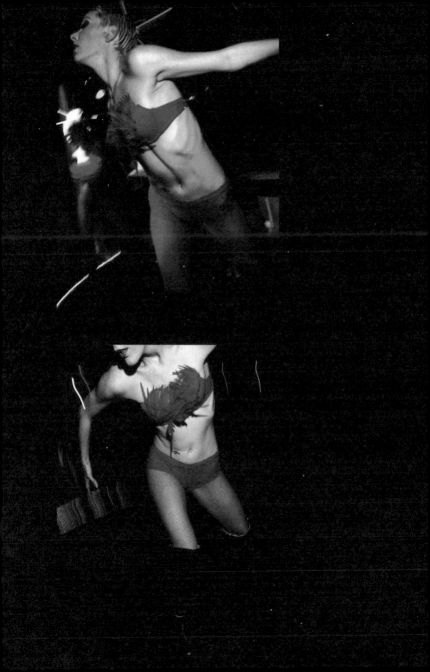

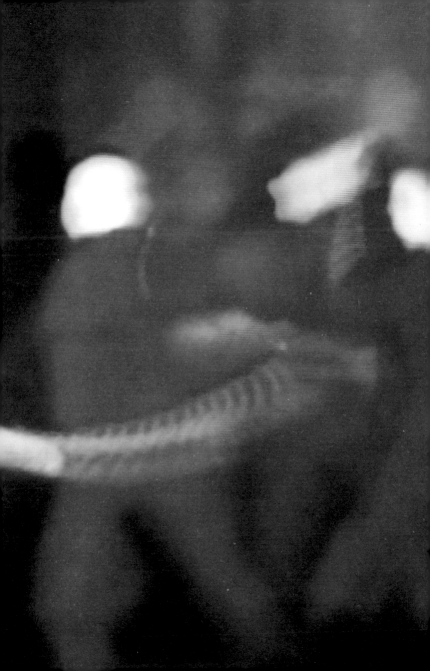

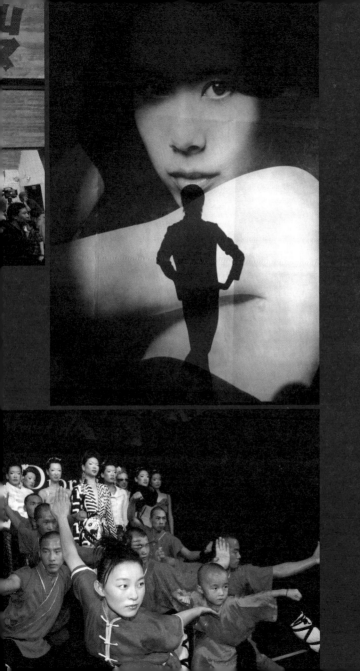

陆晓逊
1979年出生于杭州，2001年毕业于浙江大学，现居上海。

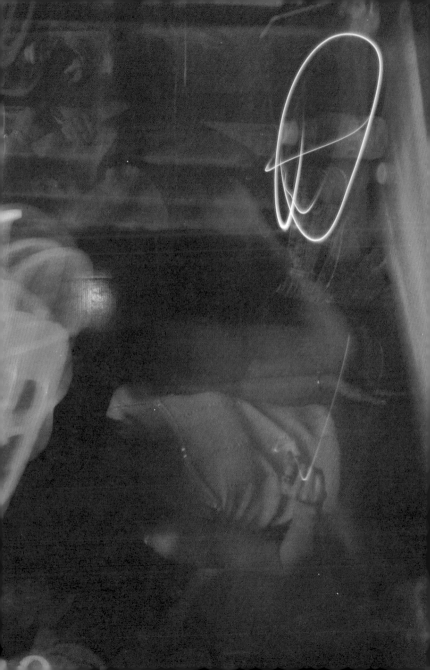

陆元敏　1950年生于上海

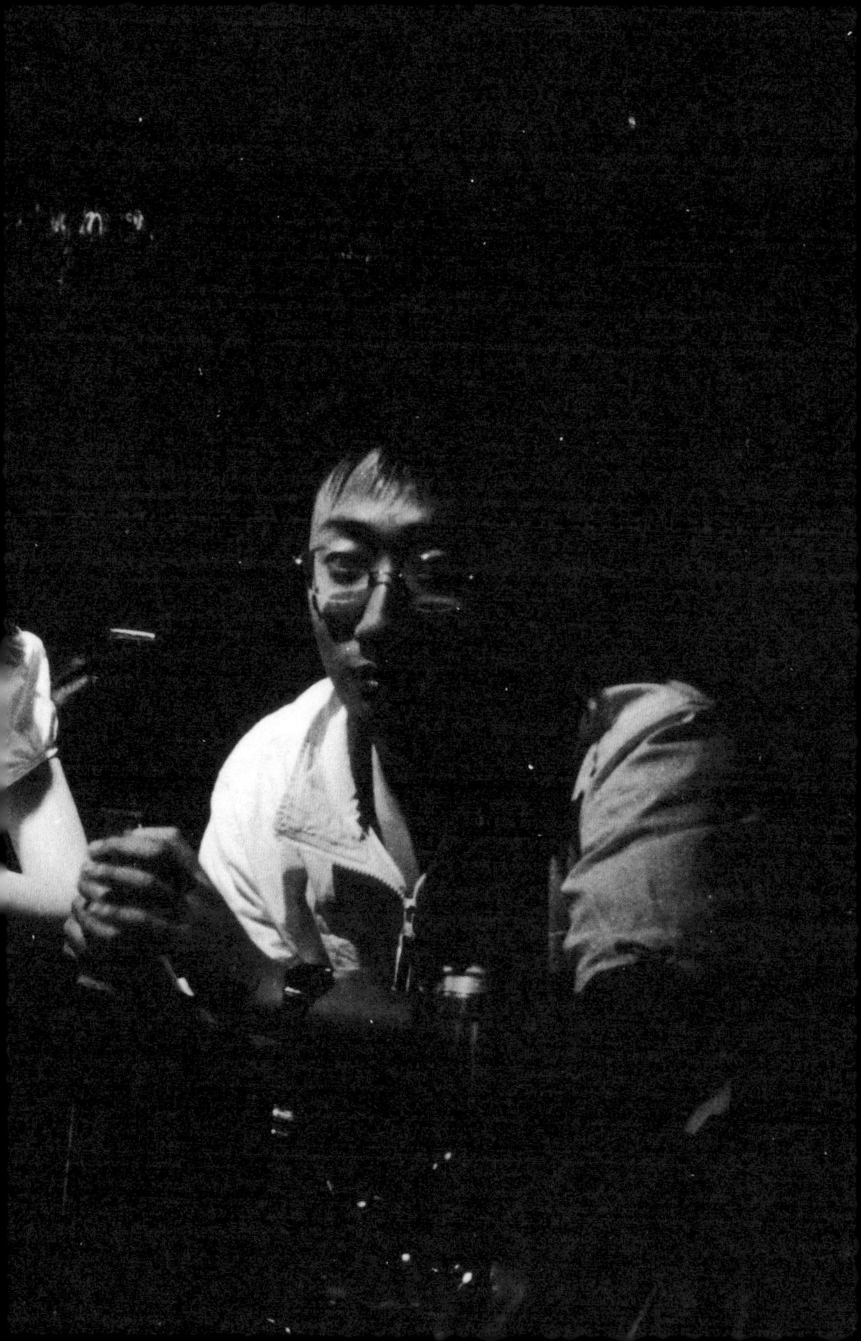

钱东升　1973年出生于上海，1996年毕业于上海大学。

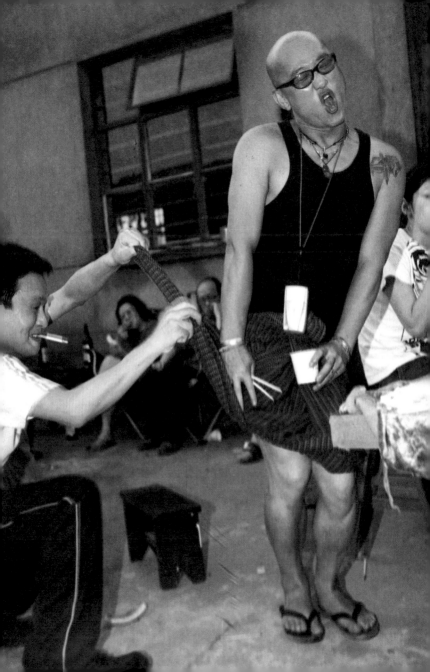

I
LOVE
YOU

乔勇
1965年出生于上海，1987年毕业于上海轻工业专科学校包装设计专业

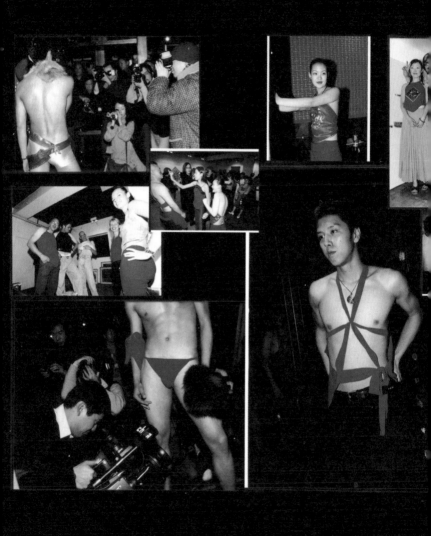

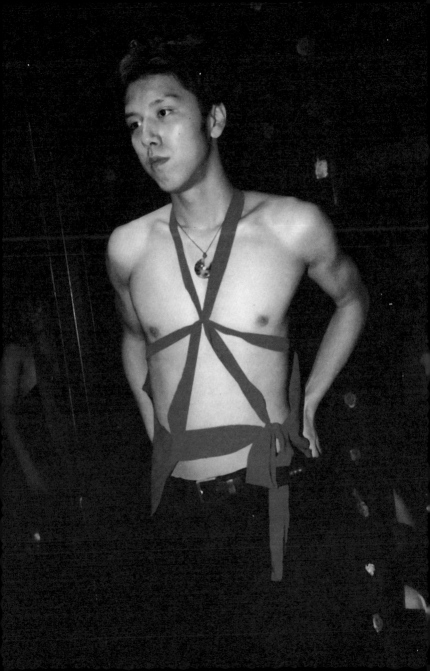

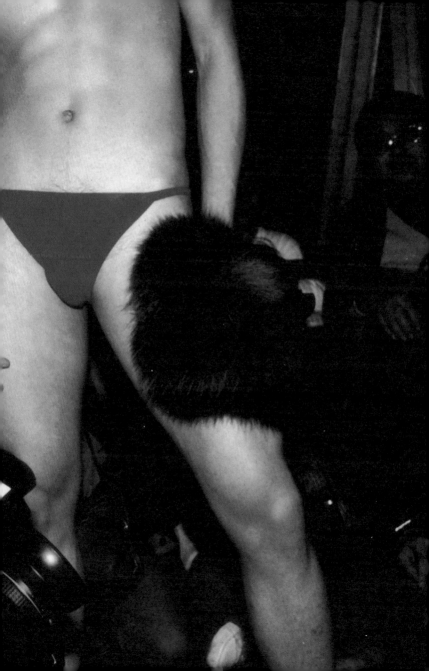

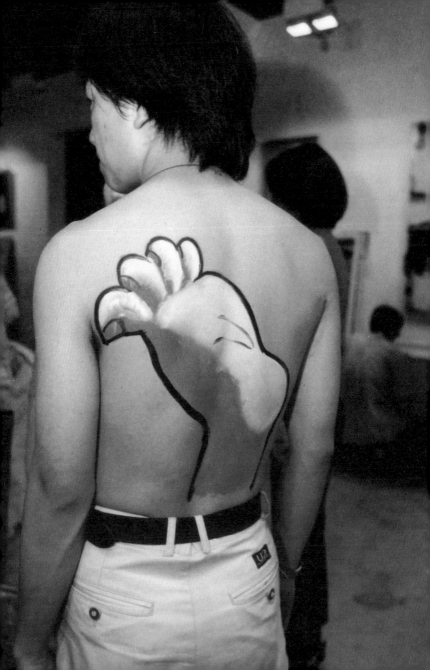

唐士龙　1961年出生于上海，1988年毕业于中国人民解放军空军雷达学院指挥参谋班。

唐勇刚　1957年生于上海，90年摄影专科毕业。

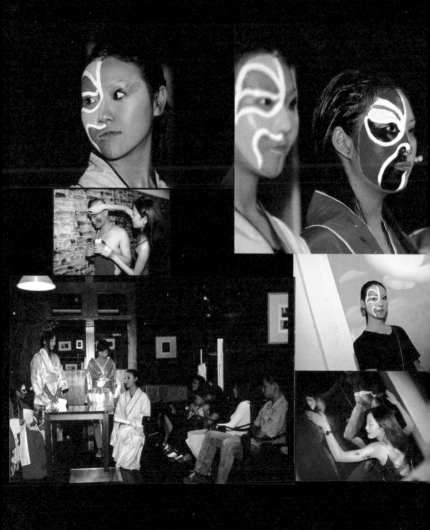

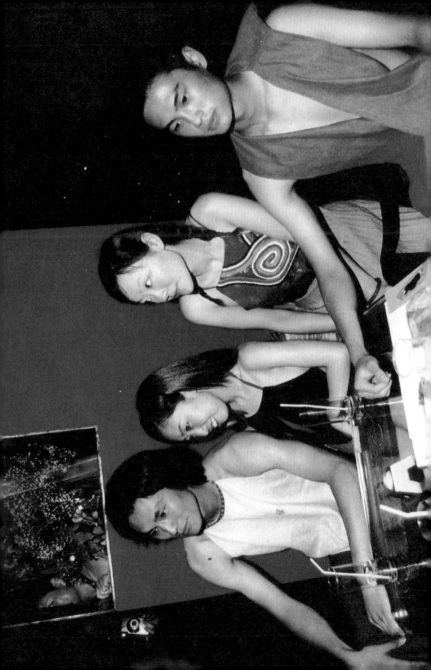

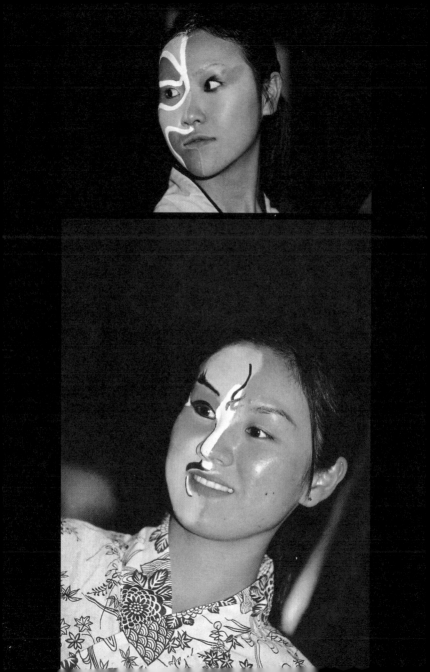

王刚锋　1956年生于上海

翁广解　1956年生于上海，1996年前就职于市府，现居上海，自由摄影人

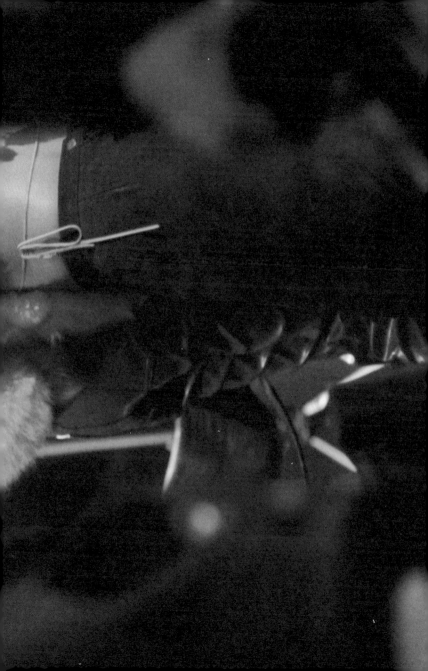

用暗杀手段反恐合法吗

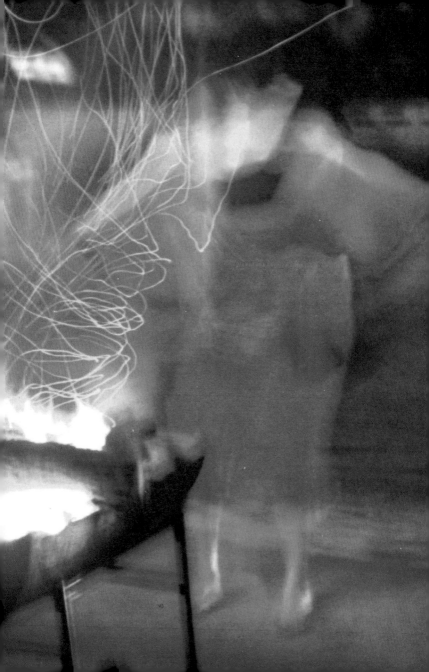

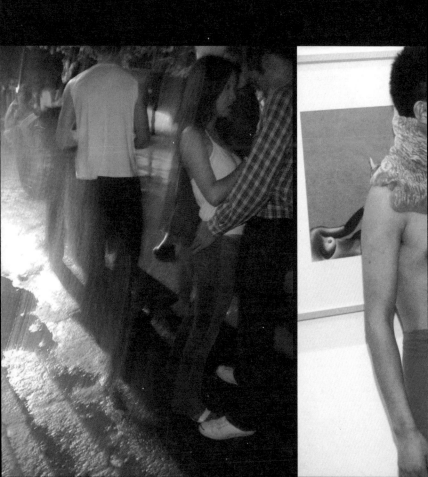

吴钰

1975年出生于青海省格尔木市，2001年毕业于青海师范大学艺术系，现居上海。

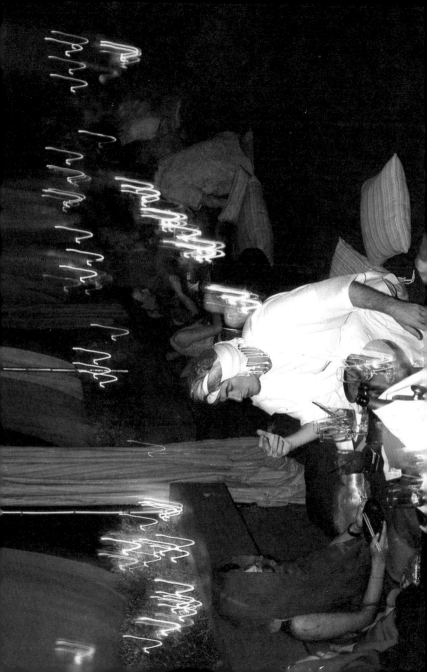

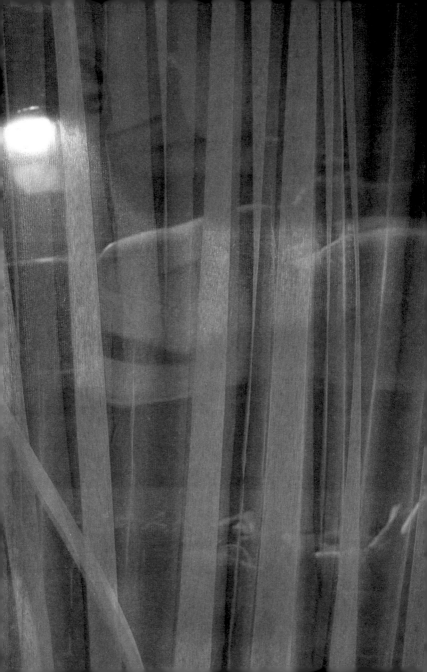

许海峰(一川)
1969年出生于上海虹口，1994年毕业于上海大学美术学院。

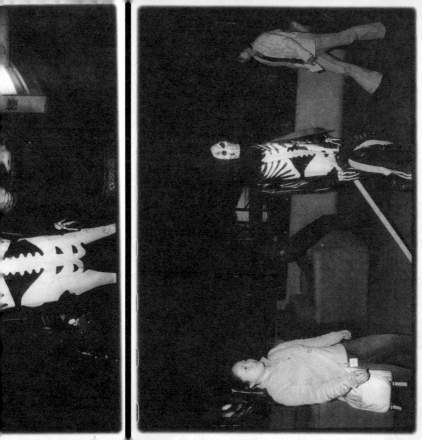

雍和　1956年生于上海

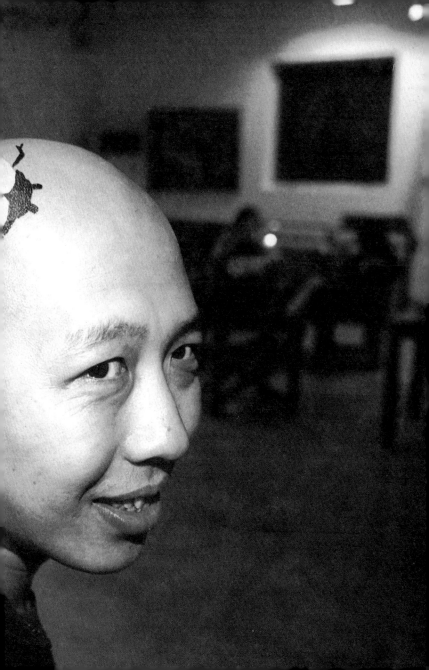

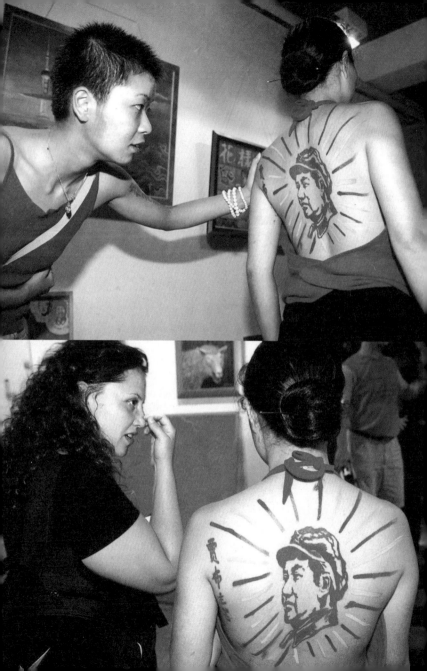

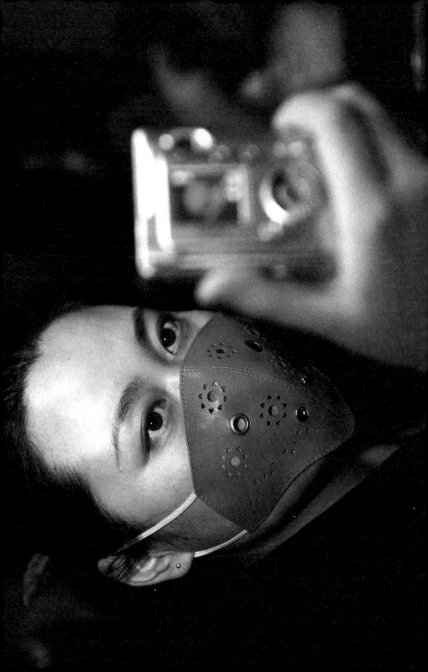

张俊(俊影)　1979年出生于上海

GIORGIO ARMANI
IN CHINA·APRIL 2004

ARMANI
THE
PARTY

鸣谢：　　　　浙江通策控股集团有限公司
　　　　　　　上海中欧房地产发展有限公司
　　TOPCHOICE
通策控股集团　上海通策文化艺术品有限公司顶层画廊